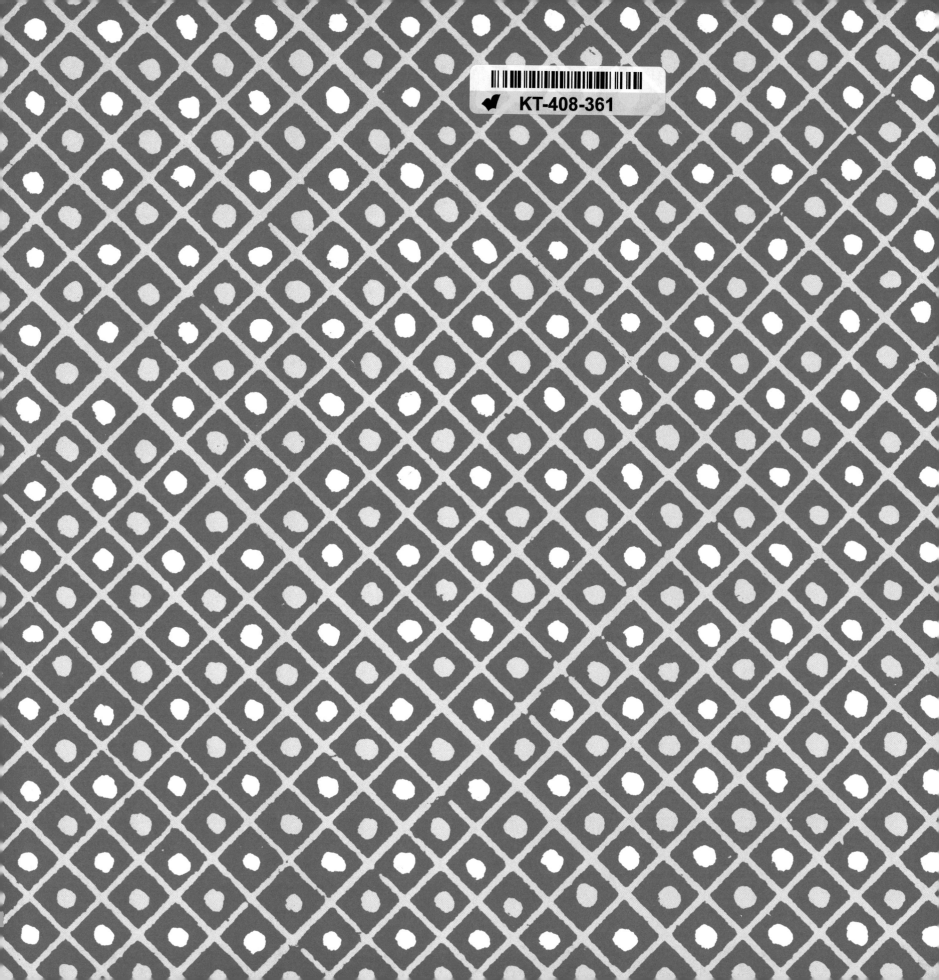

la princesa rebelde

Para Guinevere, Niamh, Emelia, Esther, Elise, Esme,
Martha, Orla, y a todas las princesas rebeldes del mundo. AK

Para Freya y Molly. SO

BLUME

Título original
The Worst Princess

Traducción y coordinación de la edición en lengua española:
Cristina Rodríguez Fischer

Primera edición en lengua española 2013
Reimpresión 2014 (2), 2016, 2017
Nueva edición 2018
Reimpresión 2019

© 2018 Naturart, S.A. Editado por BLUME
© 2013 Art Blume. S.L.
Carrer de les Alberes, 52, 2.º, Vallvidrera
08017 Barcelona
Tel 93.205 40 00 e-mail: info@blume.net
© 2013 Simon and Schuster, Londres
© 2013 del texto Anna Kemp
© 2013 de las ilustraciones Sara Ogilvie

I.S.B.N.: 978-84-17254-97-1

Impreso en China

www.blume.net

la princesa rebelde

Anna Kemp • Sara Ogilvie

BLUME

Había una vez, en una torre muy cercana al lugar en el que vives, una princesa solitaria, la princesa Susana.

−Algún día −suspiraba−, mi príncipe llegará.
Pero me gustaría que fuera un aventurero de verdad.

He esperado tanto tiempo,
me estoy quedando sin aliento,
¡estoy muerta de aburrimiento!

Mucho he leído,
aún más comprendido,
y hasta el suelo
mis trenzas han crecido.
Necesito aire fresco
y no sentirme prisionera,
para ver el mundo
y cortar mi cabellera.

Entonces . . .

. . . cuando estaba ya desesperada, apareció un príncipe,
como si de un sueño se tratara.

—¡Oh, princesa, hermosa como una flor!
Vengo desde muy lejos, a ofrecerte mi amor.

—Combatí, y siempre gané.

Me sorprendí, me asombré.

Blandí mi espada con valentía
¡para observar cómo el enemigo huía!

–Fabuloso –dijo Susana–. ¿Nos vamos?
Un beso de amor debería funcionar,
así que, ¡espabila!, bésame ya.

Y así, partieron en un elegante corcel.
–¡Soy libre! –exclamó Susana–. ¡Por fin!
¡Eso es a lo que yo llamo un final feliz!

Pero entonces descubrió . . .

—. . . ¿Adónde vamos, mi príncipe, mi amor?

—Al castillo, mi tortolita.
Mi melocotoncito, mi hermosa flor,
en la torre hallarás
un bonito aposento,
en tu honor.

—Pero yo quiero montar a caballo —dijo Susana—. Y también divertirme, ¡de arriba abajo!

—Mala suerte —dijo el príncipe—.
Conoces las reglas.
¿No prestaste atención
en la escuela de princesas?

—Soy yo quien lleva la armadura.
Y tú los vestidos, de buena costura.

—Solamente has de sonreír y cepillar tus tirabuzones.
Yo me encargaré de luchar contra los dragones.

Sola en la torre, Susana se lamentaba, enfadada.

—¡Qué desastre. Mi príncipe es un zoquete, no vale para nada!

Pero entonces, de repente, observó en el cielo . . .

un feroz dragón, con una mirada fría como el hielo.

Susana no se asustó, no salió corriendo.
Al revés, una buena idea surgió como el viento.

—¡Escúcheme, señor dragón, de garra feroz! —le llamó—.
¿Le apetece un poco de té?
—¡Oh, claro! —contestó el dragón—. ¡Encantado!
Es que ese maldito príncipe
me tiene amargado.

—A mí también —dijo Susana—. Ese astuto bribón
me tiene encerrada en este estúpido torreón.

—¡El muy sinvergüenza! —exclamó el dragón—.
Eso no está bien.
Hemos de enseñarle que no puede encerrarte aquí,
como un rehén.
Así pues, el dragón limpió su nariz
con un poco de espray . . .

. . . y sopló hasta derribar la torre sin decir ni ¡ay!

–¡Princesa Susana! ¡Esto es más que suficiente!
El príncipe había vuelto, y muy enfadado, obviamente.
–¿Dónde está tu torre? ¡Mira el vestido!
¡Qué princesa! ¿Dónde se ha visto?

—Además, Susana, con perdón,
¿qué hace en mi jardín, ese dragón?

—Estoy despeinada, mi torre es una ruina —rió Susana—.
Pero no me importa, ¡lo tengo decidido!
Me voy a ver mundo, con mi vestido.

El dragón inspiró y, con dos bufidos . . .

...dejó el pantalón principesco ¡con fuego encendido!

A partir de entonces, los nuevos amigos
recorrieron el mundo bien unidos.

Hicieron de las suyas . . .

Para acabar con los príncipes bribones y sus bullas.

–¿Sabes? –dijo Susana, mientras servía el té–.
Somos un gran equipo, tú y yo, no sé por qué
Con gran felicidad, el dragón sacudió el vientre,

y vivieron felices para siempre.